사 랑 을
만 나 면
멈 추 지
말 아 요

사 랑 을
만 나 면
멈 추 지
말 아 요

프롤로그

우리는 어른이지만 여전히 위로가 필요한 연약한 사람이지요. 위로받아야 하는 모든 어른을 위해 글을 썼어요. 얼마나 힘들었을지 가장 잘 아는 사람은 나 자신이죠. 내면의 소리에 귀 기울이며 나를 조금 더 사랑하는 시간을 선물해 보는 거예요. 자신에게 다정한 사람이 되어 봐요. 오늘 하루 잘 버텼다고, 애써온 하루들이 모여 나에게 딱 맞는 행복으로 돌아올 날을 기대하면서요.

나라는 존재 자체로 빛나도록 타인의 시선에서 자유롭게 하루를 살아가길 바라요. 소중한 꿈을 향해 달려가고 있다면 불안하고 흔들릴 수 있다고 말해주고 싶어요. 서툴지만 성장하고 있으니 칭찬해 주는 내가 되어 충분히 아름답고 가치 있는 나를 만나고 자신을 더욱 깊이 사랑하는 오늘이 되길 바라요.

사랑을 만난다면 머뭇거리지 말고 그 사랑에 푹 빠져보세요. 그리고 그 사람에게 좋은 사람이 되어 주는 거예요. 오늘이 다시 오지 않는 것처럼 그 사랑이 다시 오지 않을지 모르니까요.
하루도 낭비하지 않고 온 마음 다해 사랑해요. 인생은 짧으니까 더 없이 사랑하고 표현하고 살아가요.

목차

고선애의 위로와 사랑의 시

사랑을 만나면 멈추지 말아요

잘했다고 그동안 부단히 애썼다고
우리 모두에게 세상 가장 예쁜 문장으로
말해주고 싶다

고선애 지음

1

충분히 잘하고 있어요

가장 먼저 해야 할 일

어떤 일을 계획하거나
도전할 일이 있을 때
가장 먼저 해야 할 일이 있어요

그 누가 해줄 수 없는 일
한계의 벽에 부딪힐 때
반드시
가지고 있어야 할 일
나 자신을 사랑하기예요

내게 있는 것을 아름답게 보는 것
진심을 다해서 나를 보듬어 주는 것
힘겹던 일들도 내게 도움이 될 밑바탕이 된다는 것
나를 사랑함으로 얻는 것들이에요

무엇을 시작하든지
가장 먼저 나를 사랑해요

나를 위해

나를 위해
좋아하는 책 보기
좋아하는 음식 먹기
좋아하는 사람과 대화하기

나는 충분히 괜찮은 사람이니
가치 있는 존재이니
스스로 칭찬하기
나를 깊이 사랑하기

싫어하는 사람 때문에
좋아하는 사람 놓치지 않기
지나간 가슴 아픈 일 때문에
오늘의 즐거운 시간 놓치지 않기

좋아하는 일로
오늘을 가득 채우기

반짝반짝 빛나는 기쁨에게로

살다 보면
피해갈 수 없는 아픔이 파고들 때가 있지

아무리 노력해도 풀어지지 않는 실타래를
온몸에 얽어매고 살아가려고 애써본다

이 생각 저 생각으로
잠도 이루지 못하고

슬픔에 젖은 몸을 끌고
일상으로 걸어간다

그렇게 힘들게 살지 않아도 괜찮아
네가 얼마나 빛나는 존재인데
얼마나 소중하고
사랑받아 마땅한 존재인데

그동안 부단히 애썼다고
세상 가장 예쁜 문장으로 말해주고 싶다
넌 기적이고
행복이야

앞으로의 네 삶에 기쁨이 기다리고 있어
꽉 조여있던 구두는 벗어 던지고

네게 잘 어울리는 시폰 원피스를 입고

너를 기다리는 기쁨에게로
걸어가 봐
반짝반짝 빛나는 기쁨에게로

있는 그대로의 나를 사랑해

남이 바라는 모습에 맞추며 살고 있다면
너의 가치를 증명하기 위해 애쓰고 있다면
그러지 않아도 돼

좀 더 활발한 사람이 되려면
좀 더 공부를 잘한다면
더 좋은 엄마로 보인다면
더 가치 있어 보이는 사람이 되려면

하루를 매진하며 고단하게 에너지를 사용하고 있다면
그러지 않아도 돼

넌 충분히 그대로의 모습으로
사랑받을 만한 사람이야

있는 그대로 인정하고 어떠한 모습이더라도 괜찮아
완전하지 않아도 돼

살아있는 것이 불완전함이야
온 마음을 다해 사랑하는 데 에너지를 사용해봐
너의 고유한 성품 그대로를 이해해
자유롭게 너를 존중하고 지지해

있는 그대로의 나를 사랑해봐

괜찮아요

넘어질 수도 있어요
울고 싶을 때도 있고요
항상 잘해야 하고
실수하면 안 되는 것은 없어요

나는 불완전한 사람이니
나의 마음 편하게 해줘요
충분히 이대로 괜찮은 사람이에요

잘하고 싶은 마음이 있으니
잘하고 있는 거예요

나를 사랑하고 그윽이 바라보는 일에
집중해요

나만의 매력을 찾을 거예요

누구보다 나에게 친절한 나

그 누구보다 나 자신을 먼저 사랑해야 해
주변을 챙기다 보면
나는 나중으로 미뤄지는 일이 많아지니까

그 누구보다 나에게 친절한 사람이 되면 좋겠다
내가 좋아하는 책을 보고
내가 좋아하는 음악을 듣고
내가 정말 좋아하는 음식을 맛있게 먹는 일

다이어리에 가장 먼저
나를 다독이는 날을 적어두고
나를 만나 데이트하자

오늘도 수고했다고
더 행복한 내일을 만들어 보자고

초라할지라도

어린 시절부터 알고 지낸 지인이
몇 년 만에 찾아왔다
힘든 시기를 지나고 안정된 삶을 사는 중이라고
불쑥 찾아온 그 앞에서 나는 작아진다

아직도 터널을 지나는 중인데
기대하다 허무해지고
애타다 좌절하는
초라한 삶을 걷고 있다

그가 나를 위로하려 했지만
마음결이 다른 그의 어떤 말도
쪼그라든 나를 일으키지 못했다

내 삶을 그가 어떻게 보든
난 다시 걷는다

그다지 괜찮은 모습이 아닐지라도
나만의 속도로 간다

내 꿈의 의미를 되새기며
내일은 더 나은 사람이 될 거니까
더 좋아하고 기다려준다

더 빛날 나를

유일한 사람

잘할 수 있을지 망설인다면
해봐야 알 수 있어요

불가능할 것 같다고 가만히 있으면
불가능 상태 그대로
제자리

한번 해봐요
처음으로 부딪쳐보면
다시 한번 연습해 보면
어느 순간 할 수 있게 돼요

오늘 새로운 일을 하지 않고서는
오늘 무슨 일을 할지 알 수 없죠

한 번 해보면
두 번째는 더 쉬워요

아주 잘하려 하기보다
내가 할 수 있는 것에
자신감을 얻어요

자신에게 좋은 방향으로
변화될 거예요

인생이 변하고
나 자신이 더 좋아질 거예요

나를 좋은 사람으로
바꿀 수 있는 유일한 사람

바로 당신

가치 있는 사람

외로움이 그림자처럼 딱 달라붙어
아무것도 도움이 되지 않고
힘이 없어졌나요
작고 무의미해져
한없이 부족하게 느껴지나요

지나치게 걱정할 필요는 없어요

겨울
잎은 말라도
뿌리는 살아
2m까지 성장하는 민들레처럼

지금 이 시간
당신도 모르는 사이
아름답게 성장하는 중이에요

잘 버텨주어 고맙다
고생 많았다 꼭 안아줘요

이 시간이 지나면 반드시 봄이 찾아옵니다
걱정과 외로움이 올 때
밖으로 나가 하늘을 보며 걸어보세요

당신은 지금 이대로도 가치 있는 사람이에요

사랑받고 싶다면

그 누가 나를 봐도

사랑하고 싶은 사람이 되면 된다

매력 넘치고

만나고 싶은

좋은 사람이 되면 된다

친구

많은 친구를 곁에 두려고 하지 않아도 돼

좋은 친구 한 둘만 있어도

내 인생이 풍요로워지니까

언제든 내 편이고

어디든 만날 수 있는 친구

무슨 말이든 위로가 돼주는 친구가

내 삶을 붙들어 주니까

친구 2

멀리 떨어져 살아가다 보니
보고 싶을 때 자주 못 만나서
그리울 때가 많아
보고 싶다고
여기까지 먼 곳을 찾아온다고 하니
열흘이나 남았는데
벌써부터 설레고 기분이 좋다
3시부터 행복해지는 사막여우처럼 말이야
언제나 힘이 되는
너 같은 친구가 있어서 행복해
네가 곁에 있으니
내가 좋은 사람이 된 기분이야

괜찮은 사람

내 삶이 무너져내릴 때
내 곁에 괜찮은 사람이 있어서
따뜻한 손 내밀어
일으켜주는 사람이 있으면

누구에게도 보이고 싶지 않은
나의 어두운 면을 보고도
괜찮다며 따뜻하게 안아주며
용기를 주는 사람이 있으면

어느 날 깊은 슬픔에 허우적거리며
앞으로 나가지 못할 때
손잡아 주고 앞으로 끌어주는 사람이 있으면

내가 그 괜찮은 사람이 되고 싶다

너에게

모든 이와 잘 지낼 필요는 없어

나와 생활을 함께 하는 모든 사람과
잘 지낼 필요는 없어
회사에서든
학교에서든

많은 시간을 공유하는 사람
그 공간에 함께 있을 뿐
그곳에 있는 사람 모두가 내 친구는 아니니까

나를 소중히 여겨주는 친구에게
잘하면 돼

나를 나로 존중해 주는
마음 따뜻한 사람에게

미소 지으면 돼

조금만 더 가요

이 가을 따뜻한 온기를 담아
당신을 응원합니다

아무도 당신을 지지하지 않고
그만두라고
그만하면 할 만큼 했다고

포기할 줄 아는 용기도 필요하다고
그래야 새로운 기회도 잡는 거라고

꿈을 향해 노력한 당신의 땀을
아무것도 아니게 만드는 칼 같은 말들에
귀 기울이지 말아요

당신이 꿈을 향해 달려온 그 시절은
결코
아무 의미 없는 시간이 아닙니다
조금만 더 가서
그 문을 열면
당신이 그토록 그려온 그림이 펼쳐져 있을 거예요

조금만 더 가요

자주 연락하지 않아도

자주 연락해서 쓸데없는 이야기로 시간을 뺏는 이보다
아주 가끔 연락해도
서로의 마음을 신뢰하는 관계가 있다

태어난 날을 기억하고
꼭 연락해 축하한다는 친구
잘 지내고 있었음을
그리워하고 있다는 마음 전할 수 있는 너의 연락

그 잠시 동안의 만남이
우리가 서로 함께 지냈던
좋은 기억이 되살아나
마음이 따뜻해진다

멀리 있어도 함께 있는 듯
마음을 나눌 수 있는
좋은 관계
내 일상을 빛나게 하는
힘이 된다

말없이 들어주기만 해도

힘들 때 친구를 만나서 아팠다고 말하면
아무런 말 없이 들어주기만 해도
위로가 되는 친구가 있어

아파봤다고 나도 안다고
자기가 더 힘들었다고
자기 얘기 길게 늘어놓으면

마음도 닫히고
내 입도 닫힌다

누가 더 힘들었나
베틀 하자고 말 꺼낸 게 아닌데

말없이 안아주기만 해도
충분한 위로가 된다

나를 깊이 사랑할 것

남을 사랑할 힘이 생길 수 있는 것은

나를 깊이 사랑하는 데서 나온다

누군가를 열심히 사랑하다 지칠 때면

내면의 목소리에 귀 기울이고

내가 사라지지 않는

본래의 나다움을 찾아서 꼬옥 안아줄 것

나를 아끼는 것

가장 먼저 나를 사랑하기
모든 타인이 나를 좋아해 줘야만
내가 행복한 건 아니지

나를 아끼는 것으로
행복의 시작이 가능해

소소한 일상에서의 즐거움을
나에게 선물해
나를 더욱 아끼는 일

오늘을 소중히

오늘은 두 번 다시 오지 않을 선물

이 순간

지금을 살아가기

매 순간을 소중히 여기기

온 마음 다해 사랑하기

살아내고 배우기

위로

'너보다 더 힘든 사람들 많다'라는
어쭙잖은 말
차라리 말없이 들어주기만 해도 좋을 텐데

좋아하는 곳에 가서
좋아하는 음식을 함께 먹고
이야기를 들어주며
마음을 안아주는 일이 필요하다

일상으로 돌아가는 길에도
혼자 있는 시간에도
이대로도 괜찮다
더 괜찮아질 거다

토닥여 주던 일 계속 생각나도록
진심의 위로가
너의 마음에 가닿았으면

너는 별이야

세상에 하나뿐인 소중한 너

걱정으로 잠 못 들게 하는 사람 말고

설렘으로

잠이 안 오게 하는 사람을 만나야 해

너는 충분히 그럴 자격이 있는

소중하고 빛나는 사람이니까

실수

실수는 누구나 할 수 있지

누군가 내 잘못을 지적하더라도

처음부터 내 잘못이 아닐 수도

오히려 그 사람 잘못일 수도 있지

모든 잘못을 자신의 탓으로만 돌리지 말자

나를 원망의 대상으로 두지 말자

마음을 돌보고

내게 해줄 따뜻한 말들로

실수한 나를 토닥여 주자

모든 것의 처음엔 실수가 있을 수 있다는

관대함을 허락하자

밝은 사람

그 사람과 함께 하면
내 마음도 밝아진다

작은 실수도 웃어넘길 수 있고
무거운 분위기가
가볍고 따뜻한 분위기로 바뀐다

가까이하고 싶고
자꾸 만나고 싶은 그런 사람

이야기를 잘 들어주니
어려운 이야기도 쉽게 말하게 되는 사람

잘 웃어 주는 사람
용기를 주는 사람

그 사람을 놓치지 말고
살아가며 동행하면
함께 성장할 수 있다

잘하고 있어요

잘하고 있다고 믿어요
어제보다 더 나은 사람이 되고 있어요
스스로 정한 목표에
한 걸음이라도 앞으로 걸어갔다면
충분히 잘한 거예요
실패해도 괜찮아요
포기하지 않는 이상
성장하는 과정이니
오늘도 애썼어요

수고했어요

오늘 하루
무탈하게 잘 보낸 것
하루를 마감하며
하늘을 한번
올려다본 것
매일이 특별할 필요는 없어요
어쩌면 애써온 하루들이 모여서
당신에게 딱 알맞은 행복으로
돌아올지 몰라요
오늘 하루
잘 버텼다고
나를 토닥이는 저녁 되어보아요

다정한 사람

다정한 사람이 되고 싶다
상대방의 입장에서 한 번 더 생각하고
나만의 잣대로 판단하지 말기
재촉하지 않고
기다려 주는 마음 갖기
상대방의 말 끝까지 들어주기
얼마나 힘들었을지 말없이 들어주기
이제는 좋은 일만 생길 거라는 용기도 선물해주기

당신에게 다정한 사람이 되고 싶다

인생을 즐기는 방법

그동안 왜 미뤄왔을까
하고 싶은 것 다 하고 살자
가고 싶은 곳도 가보고
좋아하는 음식도 먹고

사랑하고 사랑하고 사랑하고

오늘을 행복으로 채우자
많은 걸 느끼고
생각하고
감사하자
오늘을 소중히 여기자

사랑을 만나면

사랑을 만난다면
망설이지 말아요
더 좋은 사람
더 잘 맞는 사랑이 올 거라
생각하지 말아요
지금 만난 사랑이
어쩌면 마지막 사랑이 될지도 몰라요
사랑은 기적이니까
사랑의 바다에 풍덩 빠져
실컷 사랑해요
망설이다 후회하게 될지도 몰라요

고민

고민하는 밤
이 생각 저 생각
한참을 고민한다

여러 가지 경우의 수를 생각하다
또다시 깊은 새벽이 된다

삶에 정답은 없다 선택만 있을 뿐
마음이 깊이 끌리는 편으로
방향을 선택한다

어느 곳이 후회할지 해보지 않았다면
마음이 기우는 쪽으로
방향을 정한다

나를 사랑하기

세상이 나를 중요하게 여기지 않아도
스스로만은 충분히
가치 있는 사람으로 여기고 사랑해 주기

세상에 수많은 행복한 순간을
놓치지 않고
매일 기품있는 눈으로 나를 바라보기

끝까지 다정한 사람으로
스스로를 꼭 껴안아 주기

비교하지 마 충분히 빛나고 있어

타인은 나보다 나은 사람이
수도 없이 많아

나를 누군가와 비교하는 순간
불행이 시작된다

나는 오직 과거의 나와
비교 가능하다

더 나은 나를 위해
더 많이 나를 사랑한다

나 자신을 하찮게 여기지 말고
나를 충분히 가치 있는 사람으로 여긴다

누구와도 비교될 수 없는 나는
충분히 사랑받을 수 있고
십분 빛나는 사람이다

나에게 더욱 친절하게 대해준다
타인이 봐도 매력적인 내가 될 수 있도록
내면과 외면을 가꾸고
좋아하는 것으로 가득 찬 공간에 살아간다

어떠한 비교 없이
나의 존재 자체로
빛나도록

지속하는 힘

살아가는 데 있어서
속도는 중요하지 않아요
이루고 싶은 일이 있다면
그 일을 위해
지속하는 힘이 필요하죠

방향성과 지속성이 전부예요
더디게 나아가더라도
서두르지 않고
꾸준히 걸어가요

그 길 위에는 고된 시간이 연속적일 수도 있고
막다른 골목이 나와 뒤돌아 가야 할 수도 있겠죠

그럴 때는 방향을 잘 잡고
다른 각도로 목표를 살펴봐요

올바로 가고 있는지 방면을 잘 주시하며
끝까지 지속하는 힘을 놓지 말아요
지속하는 힘은 더 나은 나의 세계로 인도해 줄 거예요

타인의 시선에서 자유롭기

타인의 삶에 관심을 적게 가져봐요

타인 역시 내 삶에 관심이 적으니까요

그러니까 타인에 대한 불필요한 눈치는 보지 않아도 되죠

잘 보이려고 애쓰거나

노력하고 버티는 건 그만해도 돼요

타인의 시선에서 자유로운 만큼

내 삶이 여유로워지거든요

나답게

내면의 목소리에 귀 기울이면서

살아가요

당신이 예민한 게 아니에요

직장을 옮길 때마다
그곳에 상처 주는 사람이 있다며
거기에 상처받고 힘들어하는 사람이 있어요

쉽게 상처받고
사소한 말에 마음 아파해요
아픈 마음은 아무리 아닌 척해도
상처에 무뎌지기가 어려운 것 같아요

아무렇지 않은 듯 지나치고 싶지만
스스로가 예민한 건지
미움받기는 두렵고
마음 다치는 건 더 힘겨워요

누군가에게 사랑받고 싶다면
먼저 자신을 스스로 깊이 사랑해야 해요

나에게 상처 주는 독특한 사람과는
일 적인 이야기만 해요

직장에서만 만나는 인연이니
너무 애쓰지 않아도 돼요

마음이 많이 여리고
힘든 일을 많이 겪어서 그런 거예요

당신이 예민한 게 아니에요
당신은 많이 다정한걸요

누군가의 미숙한 말 때문에
마음에 상처가 났다면
그대로 두지 말아요
아파하지 말아요

착한 행동 해야만 하는
그런 아이로 두지 말아요
당신은 소중한 사람이에요

존재만으로 빛나고 있는
열심히 하루를 살아가는
충분히 멋진 사람이에요

다시 오지 않을 오늘의 나

그리워하면 할수록 슬퍼지는
돌아갈 수 없는 그 시절의 청춘의 봄이 떠오른다

또렷하게 들리던 기억들이
사진 같던 투명한 추억들이
슬픔으로 밀려오는 것을 그만두고
내 생에 가장 젊은 오늘을 누린다

내 모습을 마음껏 사랑해 줘야지
토닥여주고 예뻐해주고 안아줘야지

오늘이 지나면
다시 오지 않을 내 모습이니까

당연한 것은 없어요

당연한 것은 없어요
받는 사람은 받기만 하고
주는 사람은 주기만 하는
그런 사이는 유지되기가 어려워요

당연히 무언가 줘야 하고 받아야 하는
관계는 존재하기 힘들죠

감사의 마음을 전하고
안부도 전하고
서로 돕고 사는 게 관계니까요

부모와 자식 간에도 당연한 것은 없어요
'당연하다' 생각하기보다
함께 할 수 있음에
'감사하다' 생각해 봐요

감사하고
감사하고
또 감사해도 모자란 것

걱정

쓸데없는 걱정 하지 말아요
그 걱정은 일어나지 않을 거예요
당신에겐 적응하고 이겨낼 충분한 능력이 있어요
지금 어려운 시기는 삶의 자양분이 될 거예요

아무리 비바람 치는 궂은 날씨라도
지나고 나면 맑은 날이 찾아올 거예요
잊지 말아요
누군가 당신을 응원하고 있다는 걸

마음먹은 대로

마음먹은 대로 좋은 일만 생길 거야
좋은 생각이 좋은 행동이 되는 거야

확신을 하고 밀고 나갈 때
기적이 마법처럼 밀려올 거야

말하는 대로
믿는 대로
나 자신에게 좋은 사람이 될 거야
사람들은 네가 좋은 사람인 걸 알게 될 거야

뭐든 생각하기 나름이니까

괜찮아

괜찮아
아팠구나
그래 참지 말고 울어 울어도 돼

시원해질 때까지 펑펑 울어
내가 안아줄게

그동안 꾹 참았지
참느라 얼마나 힘들었니
애써 참지 않아도 돼

괜찮아
실컷 울어도 돼

울고 나면 마음이 나아질 거야
괜찮아

언제나 네 편이야

참 예쁜 너

넌 참 예쁜데
너만의 매력을 너만 모른다
존재 자체만으로 예뻐
너만의 분위기가 난 참 좋아
다른 이에게 없는
오직 너만 가진 매력
편안하면서
기분 좋게 해주는 배려와 인정이 넘치지
넌 정말 예뻐

자유롭게

나와 맞지 않는 사람과
잘 지내려고 에너지 쏟지 말아요

당신은 생각보다
충분히 괜찮은 사람이에요

사람을 미워하고 힘들어하는데
시간을 쓰지 말아요

당신은 훨씬 괜찮은 사람이니까
지금보다 더 근사한 인생을 살아야 해요
나를 좋아하는 사람을 만나요
나를 자유롭게 해줘요

모두와 잘 지낼 필요는 없어요
당신에게 좋은 영향을 주고
에너지를 주는 멋진 사람과
행복한 시간을 만끽해요

충분한 표현

서운함이 들 땐 서운하다 표현하기

고마울 때도
미안할 때도
말하지 않아도 알겠거니 하지 않기

내 마음과는 상관없이
상대의 기분에 따라
오해가 생길 수 있어요

내 마음이
내 감정이
내 생각이

어떤지 상대와 자주 나누고 표현해요
내 상태를 충분히 표현하면
상대의 마음도 알 수 있어요

서로 소통해야
더 잘 이해하게 되고
더 잘 알아갈 수 있어요

야생화

비가 내리면
빗방울에 꽃잎을 씻어내고
세찬 바람이 불어오면
강풍에 풀잎이 흔들린다

햇빛 나면
맑은 얼굴로 방끗 미소 짓는
야생화

비바람 잘 버텨낸
야생화 같은 당신

햇볕 따뜻한 좋은 일들 가득하여
당신 얼굴에도 미소 가득한 날들을 기대한다

미소

나를 보며 미소 지어주는 너로 인해
너를 보며 세상을 다 가진 내가 된다
맑은 너의 미소를
외로운 들풀에게도
그늘 속 길고양이에게도
선물하는 오늘이 되고 싶다

따뜻한 바람에 춤추는 갈대처럼
노곤한 햇볕에 해바라기 하는 도마뱀처럼
세상 다 가진 듯 행복한 기분을 즐길 수 있도록
너의 미소를 전하고 싶다

아직 끝나지 않은 작품

열심히 노력하여 걸어온 이 길이
내가 바라던 상황이 아닌 걸 알게 되고
마음에 들지 않을 때
차디찬 겨울 같은 시기를 다시 지나야 할 때
많은 고민과 실망
괴로운 밤을 보낸다

다시 일어설 수 있을까
다시 계획해 볼까
더 나은 내일을 위해
이 시기를 견디어 낼 수 있을까

진정한 어른으로 나아가자
나에겐 그럴 능력이 충분히 있다
지금은 내가 초라해 보이겠지만
나중에는 반짝이는 별이 될 테다

삶이란
계속해서 연결되는 종이 위의 그림이니
아직 끝나지 않은 작품에
색을 채워본다

흘려듣기

힘든 마음을 드러낸 건
위로가 필요해서야

누군가 불필요한 충고를 하면
흘려듣기 기능을 켜

성장에 도움 되지 않는 말
참견과 가르치려는 태도
함부로 훈수 두려는 사람에게
상처 덩어리 돌이
내 마음에 와 박히기 전에
충고 거부의 손을 들어

당당하게
마음을 지킬 권리를 가져
내 마음은 공감이 필요하지
쓸데없는 충고가
필요한 게 아니야

서툴지만 성장하는

세상에 완벽한 사람은 없어요
누구나 처음은 서툴고 부족해요

한 번 두 번 경험치가 쌓이면서
아름답게 원하는 모습으로
천천히 다듬어져 가요

내게 주어진 오늘이라는 선물을
감사한 마음으로
배우며 즐기며
넘어지며 일어서며
나만의 속도로 성장하고 있어요

너무 애쓰지 않아도 괜찮아요

하루하루 힘든 시간을 보내고 있는 그대
자꾸 신경 쓰이는 일로 마음 쓰고 있나요
이렇게 사는 게 아닌 것 같다는 생각으로
쉽게 결정 내리기 어려운 문제 앞에서
스스로를 형편없다 생각하지 않기로 해요

그 질깃한 관계를 쉽게 끊을 수는 없겠지만
그대의 생각대로
행복하지 않은 관계는
참고 견디기에 너무 벅찬 일이에요

오래 고심하고
깊이 숙고하는 그대이기에
신중한 당신의 결정을 존중해요

하지만 너무 힘들게
애쓰지 않아도 괜찮아요
이 일도 곧 자연스럽게 흘러가는
그대의 과거가 될 테니까요

When you're lonely(외로울 때)

누구나 외로움을 안고 살아간다
갑자기 깊어지는 외로움에
마음이 감당하기 힘들 때

수많은 친구의 연락처가 있어도
통화 버튼 편히 누를 사람 없을 때
내가 너의 외로움을 달래줄게

우울한 감정이 찾아와 두려워질 때
혼자라 여겨질 때
나에게 전화 걸어
내가 달려가 마음에 위로가 되어 줄게

네 잘못 아니야
너만 겪어야 할 일도 아니야
누구에게나 갑자기 닥치는 감정이니까
마치 사고처럼 일어나는 일이니까
내가 꼭 잡아줄게

깊은 대화가 필요할 때
넓고 얕은 관계 말고
마음을 나누는 깊이 있는 대화로
너의 공허함을 채워줄게

너 스스로가 얼마나 귀한 존재인지
알게 해줄게

2

너와의 모든 순간에 진심을 담아

당신에게 좋은 사람

당신에게 오래도록 좋은 사람이 될게요
당신이 힘든 하루 끝에 지쳐 있다면
수고했다고
잘살고 있다고
고맙다고 응원할게요

늘 곁에서 함께 있어 주고
내 사랑이 불안해지지 않도록
아낌없이 사랑할게요

지금의 높은 산을 오를 수 있도록
함께 온기를 주고받아요
하고 싶은 사랑이 아닌
당신이 원하는 사랑을 할게요

우리가 서로 더 행복해지도록
재미있는 사랑을 만들 거예요
많이 경험하고 성장할 수 있도록

당신을 곁에서 돕는
좋은 사람이 될게요

사랑하고 싶다

쌀쌀한 바람이 찾아온 계절
그대에게 하나뿐인 내가 되고 싶다
특별한 따뜻함으로
애타게 기다리며
내 마음이 그대에게 가닿았으면

두근대며 만나러 가는 길에
당신도 내게로 오는 중이라면 참 좋겠다
시린 손을 잡고
그대의 주머니에 넣고
둘이서 산책하고 싶다

이 맑고 높은 가을 하늘을 올려다보며
막연한 미래가 그대로 인해 든든해지는
기분 좋은 오늘을 함께 하고 싶다

나에게 당신은

나에게 당신은
마치 운명처럼
당신을 오래도록
사랑하게 될 것 같은 마음이 든다
온종일 당신을 그리워한다

지금은 무엇을 하고 있을까
어디를 가고 있을까
이 세상 그 누구보다
당신이 궁금하다

어디선가 사랑 노래가 들려오면
어김없이 당신이 떠오른다

적당히 사랑하고 싶지 않아

상처받고 싶지 않아서
외롭게 혼자 남고 싶지 않아서
문득 적당히 사랑하려는 마음이 들 때

너무 뜨겁지 않게
적당한 거리를 두려는 마음이 들 때

그러나 농도 짙어지는 사랑 앞에서
다짐은 속절없이 무너진다

사랑이 끝나지 않기를
다시는 이런 사랑 만나지 못할까 봐
온 마음을 다해
후회 없이 당신을 사랑하게 된다

뜨겁게 타다 온몸이 녹아도
나는 당신을

너와의 모든 순간에 진심을 담아

내가 왜 좋으냐고 물었지
너라서 좋은 거야
아무 이유 없이 너라서

지금의 네가 제일 좋아
지금 너를 만났고
지금 만나게 된 우리의 이야기가 난 더 좋아

말하지 않아도 알 줄 알았어
내가 널 좋아하는 이유
네가 너이기 때문에 좋은 거야
그 누구도 아닌 너
너는 오직 나에게 너일 뿐이야

나를 아껴주고
나를 귀하게 여겨주고
나를 사랑하는 너이니까
눈에 보이지 않지만 알 수 있어
가슴 깊이 날 사랑하는 너의 진하고 무거운 마음

지금의 네가 제일 좋아
그래서 난 너와의 모든 순간에 진심을 담게 돼

결심

너를 사랑하기로 마음먹은 날

단 한 가지 결심했다

우리에게 주어진 시간 동안

하루도 낭비하지 않고

온 마음 다해 뜨겁게

사랑하겠다고

단풍잎

단풍잎이 되었다

너의 세계에 물들어버린

빨간 단풍잎

너의 사랑에 물들어 버린

농도 짙은 잎

오래도록 떨어지고 싶지 않다
물든 채로

소리 없이 찾아온 사랑

가슴 떨리며
아무 이유 없이 전화기만 쳐다본다

두근두근 설레는 마음으로
문자를 보낼까 말까 망설이는 나를 본다

사랑은 언제나 상처만 남기는 일
다시는 하기 싫었던 일

너를 알게 되고
점점 젖어 드는 나를 본다

사랑이 상처뿐만이 아니기를
다시 기대해 본다

깊은 상처가 훑고 지나간다 하더라도
난 너란 사랑을 만지고 싶다
붙잡고 싶다
가까워지고 싶다
오래도록

끝이 있는 길이라 해도
너의 세계를 받아들이고 싶다

그대는 나를

그대는 나를 더 아름답게 만들어 준다

특별한 존재로 사랑받아야 하는 나로

사랑해 한마디로

백 번이고 믿게 만든다

그대와 함께 있으면

내가 어디에 서 있든지

나를 반짝반짝 빛나게 해준다

허락

누군가를 차고 넘치게
오래도록 사랑하는 게 허락된다면
나는 당신을 사랑한다

당신과 너무 멀리 떨어져 있어서
달려가 만날 수 없을 때
당신이 그리운 만큼
깊은 아픔이 다가온다

그럼에도 불구하고
나는 당신을 넘치게 사랑한다

내가 당신을 사랑할 수 있는
그 허락만으로
감사해야 한다는 걸 알기 때문에

그리워하며 아파할 수 있는 것이
당신을 사랑할 수 없는 것보다
내 영혼이 숨 쉴 수 있는 일이기 때문에
당신을 차고 넘치게 사랑한다

사랑에 빠졌나 봐

데이지 꽃 주변을 떠나지 못하는

아름다운 나비에게

데이지 꽃은 마음을 주었을까요?

나비는 잠시 날갯짓하다

다시 데이지 꽃송이로 돌아옵니다

꽃의 매력에 빠졌나 봐요

당신에게 빠진 나처럼요

특권

내게 있는 특권
당신을 사랑할 수 있는 특별한 권리

그 특별함은 당신이 나를 사랑하기 때문에
내게 오는 특별함입니다

다른 누구도 당신을 사랑할 수 있겠지만
당신이 나만을 사랑하므로
내가 특별해집니다

사랑받는 것은
사랑할 수 있는 특권입니다

불안감

그대가 너무 좋아 행복할 때
그대라는 설렘으로
머릿속이 꽉 차 있을 때
문득 불안해진다

나라는 사람의 깊은 곳
그대가 마음에 들지 않을
단점들이 드러나게 될까 봐
이 행복한 사랑이 사라질까 봐
두려울 때가 있다

안아줄게요

안아줄게요

그대의 과거는 괜찮아요

그대가 어떤 사람이었든지

그 시기가 그림자 같던 시간이었더라도

지금 내게 온

그대를 안아줄게요

너라는 향수

너의 향기를 담아 만들어진 향수가 있다면
아침에 손목에
귓불에 뿌리고 다닐 거야

점심때 향기가 흐릿해질 때쯤엔
휴대 용기에 넣어둔 향수를
다시 한번 뿌리고
하루종일 너라는 향수를 들고 다녀야지

그런 제품이 나온다면
열 박스씩 사다 집안 곳곳에 뿌리고 살 거야

자기 전에 이불에
베개에 듬뿍 뿌려
꿈속에서 만날 수 있기를 바라며 잠들어야지

하루 내내 너의 향기를 맡을 수 있다면
얼마나 좋을까

특별한 그대

눈뜨자마자 생각나는
특별하지 않은 일상을 살며

늘 잘 지내길 바라는
항상 마음 쓰이는

그대 문자에 미소 짓게 되는
소소한 감동이 있는 그런

나를 사랑하고 있다는
그대가 있는 것에
감사하게 되는

사랑할 수 있을 만큼
커다란 사랑하고 싶은
내겐 특별한 그대

사랑에 빠진 채

나의 모든 날은 너를 그리워하며 살고 싶다

네가 옆에 있는 것처럼

천천히 걷고

네가 앞에 앉은 것처럼

느릿느릿 차를 마신다

연인이 된다는 건

아침에 눈 뜨면 생각나고

오늘 무슨 일이 있었는지 시시콜콜 이야기하는 사이

내가 좋아하는 책을 같이 읽어보는 사이

내가 듣던 노래가 너무 좋아 너에게 전해주고 함께 듣는 사이

네 목소리가 하루종일 귀에 맴도는 일

서로가 얼마나 소중한지 알게 되는 사이

너와 사랑에 빠진 나로

이렇게 살아가고 싶다

보고 싶고 그리운 너를 그리며

오늘을 마음껏 좋아하며

일상이 여울지도록 사랑하며

기쁜 일에는 조용히 지나치지 못하고

깔깔대며 웃어넘기며

우리 서로의 추억을 안은 채로

사랑에 빠진 채로

평생을 살고 싶다

사랑합니다

마음을 다해 사랑합니다

오늘이 지나고 나면 내일은 다시 오지 않을 것처럼

당신이기 때문에

가능한 우리의 사랑

당신의 존재를 사랑할 수 있어서 감사합니다

그것만으로 내가 살아갈 수 있기 때문에

당신을 사랑해야만

내가 살아갈 수 있습니다

사랑하게 되면

밤에 얼굴이 부을까
컵라면을 먹지 않게 된다

1년에 한 번 가던
미용실을 한 달에 한 번 간다

늘 같은 바지만 입던 내가
새로운 치마를 사게 된다

핸드폰을 자주 놓고 다니던 내가
손에서 놓지 않게 된다

평소 듣지도 않던 사랑 노래를
자주 듣게 된다

맥주도 마시지 않던 내가
두세 병은 거뜬히 마시게 된다

놀이터에 가서
음악을 귀에 꽂고 그네를 타게 된다
바람이 느껴지고 하늘을 나는 느낌이 든다

몸과 마음이 너를 사랑할 대비를 한다
언제든 당신과 연락 가능한
대기 중이 된다

달

오늘 밤 달이
참 예쁘다는 걸
당신은 알까요

달을 올려다볼 때마다
깊이 그리워진다는 걸
당신은 알까요

은은하게 비추는 우아한 달빛은
나를 바라보던 당신의 시선
언제나 당신을 떠올리게 하는
신비로운 달

하늘에 달이 달리니
당신이 떠오르고
그립고
보고 싶네요

그 누군가가 너였으면

헝클어진 머리칼 그대로
일어나자마자 양치하는 모습을 보고

그 누군가와
퇴근 후 김치찌개를 끓여 저녁을 먹고

영화 한 편 보며 맥주를 마시고
주말엔 청소기를 돌리고

함께 냉장고 청소를 하고
짜증도 내고 놀리기도 하고
아프면 약도 죽도 사다주고

술 취한 밤엔
옆에서 안아주고

함께 잠들 수 있는
그 누군가가 너였으면

너에게만은

너에게만은 사랑스러운 내가 되길

내 눈에 너에 대한 사랑이
가득해 흘러넘쳐

저절로 사랑받고 있다고 느껴지길
다정하고 따뜻함이 배어있는 예쁜 말로
너에게 가닿기를

날 떠올리면
너의 온 하루가 행복해질 수 있기를

나로 인해 네가 세상을 향해
따뜻한 마음을 가질 수 있기를

그것으로
충분한 나
다시 사랑받는 내가 된다

네가 오는 날은

마음이 끌리는 대로 마음껏 사랑한다
오늘이 마지막인 것처럼

온 마음 다해

그 끝이 좋지 않더라도
깊은 상처가 기다리고 있더라도
두려움은 외면한다

내겐 오늘이 마지막
지금
너를 온전히 사랑할 수 있는 날

네가 오는 날은
사랑이 오는 날

평생

당신을 만났을 때
평생이라는 말이 떠올랐다

그러니까 당신을 만난 날
내 얼굴 붉지만
내 머리칼 휠 때까지
함께 연애하고 싶었다

함께 같은 책을 보고
같은 곳을 여행하고
매일 밤 보고 싶을 수 있도록

함께 할 수 있는 시간이 당연함이 아니라
감사임을 일상에서 느낄 수 있도록

그렇게 평생을 만나고 싶다

사랑해

하루에도 몇 번이나
사랑한다 말하는 일이
습관처럼 버릇처럼 들릴지도 모르겠다

수십 번 말하는 지금이
너와 함께 하는 시간이니까
너를 사랑하는 시간이야

사랑한다는 말이 아닌
다른 어떤 단어들도
전부 사랑이라는 말로 들려

사랑해

사랑해

사랑해

곁에 오래도록

서로를 사랑하는 것은 기쁨이다
같은 크기의 마음으로 서로를 사랑하는 것은 기적이다

기적까지 바라지는 않는다
그저 곁에 있기만 해주기를 바란다

그러다 마음껏 사랑해 주고 싶은 날엔
그렇게 사랑해 주면 된다

내가 받을 사랑이 충분하지 않아도 괜찮다
그보다 더 많이 내가 사랑해 주면 된다

그저 떠나지만 말고
내 곁에 있어 주기만 한다면
기다려 주고 기다려 준다

더 많은 것을 바라지 않는다
보채거나 쉽게 오해하지 않는다

더 많이 믿고
더 많이 웃고
더 많이 사랑한다

너의 모습을 기억해 내는 일

한 장의 사진으로 남기지 않고
힘써 너를 기억해 내
그렇게 그리워해

한 장의 추억으로 남기지 않고
내내 너를 보고 싶어 해

매일 또다시 보고 싶고
보고 싶은 너로

끊임없이
끝이 없이

곁에 두려고

너의 목소리

세상에 하나뿐인 너의 목소리

너를 유일한 너로 만들어주는 목소리

다정하게도

따뜻하게도

내 귀를 녹아내리게도 만드는

너의 목소리

목소리가 듣고 싶은 깊은 밤

내게 너의 목소리는 언제나 그리움

전부

가슴이 벅찰 만큼 사랑해 줄래
너의 존재로 인정해 주고 아껴줄래
그러니 너는 마음껏 행복해해도 돼

삶이 힘들 때
내가 안식처가 되어 줄래
언제든 내게 기댈 수 있게

내가 받는 사랑은
당연한 것이 아니야
고마워해야 할 것이지

내 모든 것을 내주어도 아깝지 않을 너

별

가장 높은 곳에 있지 않지만
가장 빛나고 있어

오직 너라는 이유 때문에
너는 나의 별이 된다

단지 너이기 때문에

반짝이고
아름답고
사랑스럽고

네 생각으로 가득 차게 된다
가장 빛나는 나의 별

자유로움을 준다

사랑은 자유로움을 주는 것

내게 올 수도 있는

내게 머물 수도 있는

내게서 갈 수도 있는

속박이나 억압이 아니라

자유로움을 주는 것이

진짜 사랑

흠뻑

사랑해요 한마디로

나의 온 마음과 영혼까지

뜨겁게 젖게 하는

넌 나의 해

너에게 흠뻑 젖고 싶다

너에게 습관처럼 젖고 싶다

작은 기쁨을 너와 나눌 수 있기를

내가 좋아하는 것들을
너도 마음껏 좋아할 수 있기를

도서관에 함께 가서 책을 쌓아놓고
활자에 취해 영혼의 안식을 누릴 수 있기를

아름다운 향기 가득한
조용한 카페에서 느긋한 오후 시간을 즐길 수 있기를

그윽한 수평선을 바라보며
여름날 해변을 손잡고 거닐 수 있기를

시원하고 아늑한 가을밤
달무리 진 예쁜 보름달을 함께 올려다볼 수 있기를

산책을 하며

당신을 만난 나는 얼마나 큰 행운인지
지금이라도
내 인생에 당신이 있다는 것이 얼마나 큰 감사인지

많고 많은 사람 중에
당신을 만나서
내 일상이 빛이 되어
반짝반짝 빛나는 삶이 된다

산책을 하며
당신을 그려본다.

들꽃을 보며
당신의 미소를 떠올려 본다

석양

그때 그 석양이 그렇게 아름다웠던 까닭은

네가 날 보러왔기 때문이었더라

나를 기다리며 설레었던 마음이

가득했기 때문이었더라

잠들 수 없던 밤

밤새도록 통화해도 할 얘기가

끝나지 않았던 밤

전화 끊기가 아쉬웠던 밤

네 생각으로 잠들 수 없던 밤

다시 꿈속에서 만날 수밖에 없던 밤

그 두근대던 설렘이 좋았던 건지

네가 좋았던 건지

보석이라 해줘서 고마워

한결같은 마음으로

내 존재를 사랑해 주는 너

이 순간 내가 살아있음을 느끼게 해주고

내가 빛나고 있음을 느끼게 해주어서

고마워

나를 보석이라 해줘서

고마워

한참을 바라본다

함께 있어도 네가 보고 싶다
너의 얼굴을 찬찬히 시선으로 더듬는다

눈 속에, 마음속에 깊이 담아 가려고
한참을 바라본다

눈 감으면 네 얼굴 떠올리지 못할까 봐

나를 향해 미소 짓는 모습도
음악을 들으며 흥얼거리는 모습도
나를 위한 요리를 준비하는 네 뒷모습도
한쪽 눈썹을 살짝 올리는 귀여운 표정도

혼자 있을 때
기억을 꺼내 다시 더듬는다

너를 바라보는 것만으로도
가슴이 벅차오른다

당신에게 전하고 싶은 말

당신이 있어서 고맙고 행복합니다

당신과 내가 만날 수 있다니
인연이 참 신기하고 감사합니다

사랑한다는 말보다 더 큰 표현이 있다면
당신이니까 나는 모든 게 괜찮아요

당신은 세상 가장 빛나는 사람
나에게 하나뿐인 사람

더 많이 사랑받아야 할 사람입니다
시간이 지나고 나면 아쉬움이 남지 않도록 말이에요

오늘이 마지막인 것처럼
내 마음의 모든 사랑을 다 보여주고 싶어요

무엇으로도 바꾸지 못할
내 속의 진심을
나의 소중한 당신에게 전합니다.

보고 싶다

보고 싶다
지금 보고 싶다

너 말고 다른 걸 느낄 틈이 없는 요즘
내 머릿속에 온통 네가 가득 차 있다

맛있는 음식 앞에서도
시원한 바람을 맞으며 아침 산책을 할 때도
퇴근하는 기분 좋은 발걸음을 보는 때도
종이책 냄새를 맡으며 글을 읽는 시간에도

네가 보고 싶다
지금도 네가 보고 싶다

너의 목소리가 귓가에 맴돈다
너를 그리워하는
모든 순간이 행복해진다

너에게서 소식이 오면

너에게서 소식이 올 때마다
입꼬리가 올라간다

너와의 대화에는 끊임없이 웃음이 나와
내가 이렇게 웃음이 많은 사람이었나 싶어
나에게 웃음을 찾아줘서 고마워

나도 너의 인생에서 큰 의미가 되길
너의 소식을 기다리는 나처럼

너 역시 내 소식을 기다리는 사람이 되길
나로 인해 너도 웃음이 많아지길

지금 곁에 있는 너를 위해

내 곁에 있는 너를 위한 일을 하는 것이
세상에서 가장 중요한 일이야

가장 중요한 지금, 이 순간

곁에 있는 너와 함께 하는 일
너와 내가 할 수 있는 일을 하는 것이 중요해

앞에 일어날 찬란한 어떤 일을 준비하는 것보다 중요한 건
너와 함께 차를 마시고
눈을 맞추고
이야기를 나누는
시간을 공유하는 일이야

그 어떤 시간과도 바꿀 수 없는
가장 귀한 일을 하는 거야

지금 이 순간

아무 말 하지 않아도 편안한 사이

너와 쉴 새 없이 서로에 관한 이야기에 귀 기울이고
대화를 나누는 것도 참 좋아

가끔씩 찾아오는 조용한 시간도 참 좋아
아무런 말을 하지 않아도
편안한 공기를 느낄 수 있는 사이

아무것도 하지 않아도
어색하지 않고 편안한 기분으로 쉴 수 있는 사이

너에게 그런 편한 사람이 되어 주고 싶어
좋은 사람이고 싶어
옆자리에 오래오래 지낼 수 있는 그런 사람

많이 아파 본 후에

아침에 일어나는 것이 얼마나 감사한 일인지
바람을 맞으며 콧노래를 부르며 걸을 수 있는 것이
너의 목소리를 들으며 행복하게 웃을 수 있는 것이

먹고 싶은 메뉴를 고르고 맛있게 꼭꼭 씹어 넘길 수 있는 것이
아이스 아메리카노를 쪽~ 빨아먹는 시원함을 느낄 수 있는 것이
일과를 마치고 느긋한 저녁을 누릴 수 있는 것이 얼마나 감사한 일인지

많이 아파 본 후에
깊이 알게 돼

내가 아프다 아프다 내일 죽게 된다면
나를 아껴주었던 너의 손길과
사랑이 가득했던 너의 눈빛을 한 번만 더 보고
너에게 사랑한다고 말할 거야

정말 진심으로 사랑한다고

아침 시

김이 서린 창문에 해가 떠오른다

그대의 나직한 목소리
귀에서 감도는 아침

그대의 눈빛이
마음을 전하는 깨끗한 아침

하루를 시작하는 소중한 아침의 시간을
그대에게 전한다

귀한 이 시간이 절실하게
사랑과 웃음으로 채워본다

아이 같은 사랑

아이 같은 사랑을 할 거야
너라서 좋은 거야

네가 어떤 조건을 가졌는지
너를 만나면 득과 실은 뭔지
그런 거 생각하고 싶지 않아

지금 너만 보고
너의 세상을 깊이 헤엄칠 거야

내 모든 걸 보여주고 내 모든 걸 주고 싶어
마음 가는 대로

어린아이처럼 아무 걱정 없이 너에게 가닿을 거야

인생은 짧다

인생은 짧아요
깊이 기억하고
많이 사랑하고
그대가 좋아하는 시간으로 가득 채워요

실패한 것 보다
시도하지 못한 것을
후회하는 인생이 되지 않도록

한정된 내 인생에서
되도록 많이 행복하도록

사랑하고
사랑하고
또 사랑해요

아무 약속도 하지 말아요

아무런 계획 세우지 말아요
아주 작은 약속도 말아요

우리 그저 바라보기만 해요
단지 함께 있기로 해요

어쩌면 너무나 아쉬우리만큼
짧은 사랑이 될지도 몰라요

아무것도 바라지 말아요
오직 시간을 같이 흘려보내요

걷다가 걷다가 손을 잡아요

살아있다는 건

살아있다는 것은

사랑한다는 것

사랑한다는 것은

당신을 그리워한다는 것

그곳에서 살고 있을 당신을

이곳에서 보고 싶어 한다는 것

살아있다면 난 당신을

봄은 온다

열심히 살다 문득 모든 걸 멈추고
지친 마음을 들여다봅니다

시선을 어느 곳에 두고 걷고 있었나 살펴봐요
소중한 사람에게 더 많이 사랑 주며
지금의 나에게도 쓰담쓰담 해주는 시간을 가져요

잘 가고 있으니 괜찮아
인생의 봄은 올 거예요

더는 혼자가 아니니
곧 다가올 봄을 준비해요

초판 1 쇄 _ 2022년 1월 29일
지 은 이 _ 고선애
펴 낸 이 _ 김현태
디 자 인 _ 장창호
펴 낸 곳 _ 따스한 이야기
등 록 _ No. 305-2011-000035
전 화 _ 070-8699-8765
팩 스 _ 02- 6020-8765
이 메 일 _ jhyuntae512@hanmail.net

따스한 이야기 페이스북, 인스타그램
https://www.facebook.com/touchingstorypublisher
https://www.instagram.com/touchingstory512

따스한 이야기는 출판을 원하는 분들의 좋은 원고를
기다리고 있습니다.

가격 12,000원